KB208838

아름다운 사기를 알아채다

# 아름다운 사기를 알아채다

김영익 시집

소울앤북

[시인의 말]

## 만화경 안에서 바깥 세상을 보다

나에게 시 짓기란 만화경으로 마음과 세상의 안팎을 들여다보는 것이다. 거울로 된 통에 형형색색의 유리구슬, 알록달록한 색지 조각 등을 넣어 아름다운 무늬를 보는 만화경처럼 나는 시란 만화경 속에 어휘들을 담아 돌려가며 세상을 읽는다.

때로는 만화경 속에 내가 들어가 만화경 밖의 세상을 살펴본다. 세상은 천지인(天地人)이란 TV에서 보여주는 한 편의 드라마이자 인생 다큐이다. 그것을 쳐다보고 있는 순간 현실과 꿈의 경계가 허물어지고, 무한한 가능성이 내 앞에 펼쳐진다. 그때 날개를 단 나의 어휘들이 이륙하기 시작한다.

만화경 속에서 빛의 조각들은 춤을 추고, 색깔들은 캔버스 위에 흩뿌려진 별똥별 같다. 순간의 움직임에 따라 끊임없이 변화하는 무늬들이 내가 사는 천변만화하는 세상을 대변한다. 작은 유리 조각들이 모여 무한한 패턴을 만들어내듯이, 우리의 삶도 다양한 경험과 감정들이 조화를 이루며 만들어진다. 나는 그것들을 어휘로 엮은 그물로 낚아낼 뿐이다.

2024년 12월
김영익

# [차례]

1부

깨달음이 다가오다

# 생불

파주 교하리 마을 가게 앞
파리도 얼씬 않는 자리

고요함으로 짠 니트를 두른
할머니는 늘 그 자리에서
시간을 뜨개질한다

두터운 주름으로 점점 가늘어져만 가는 눈매
가리마 사이에 내려앉은 하얀 나비,
그 반짝거리는 연륜들

꿈꾸었던 미래가 보낸 시선을 마주하며
회한을 달래는 건 아닌지
발밑에 굴러든 낙엽은 말이 없다

어스름이 차오르는 시간,
할머니를 불상으로 만들려는
노을빛만 분주하다

# 독백

종기에서 터져 나온 고름처럼
내 쓴 시들이 삶의 진액이 되고
뼈 있는 눈물로 기억되기를 바라는 것은
참으로 과한 욕심

오늘 밤, 내 앞으로 굴러온
낙엽에 수작을 거는 것처럼
다만 그렇게 시에 말 걸고 싶을 뿐

이런 수작도 차곡차곡 쌓이면
너를 기억해 내는 푸른 기쁨이 되고
네가 흘려 준 의미를 버무리면
시가 차려준 성찬은 더 풍성하겠지

이 새벽 끝까지 시로 열어가는 즐거움아,
그렇게 한없이 커지다 스러지면
누가 널 감당해 줄까

# 다시 보는 생


승하강만 하는 엘리베이터에
갇혀 사는 꼴이란
"너, 그럴 줄 알았다."
거울 속 눈가의 주름살이 장탄식을 내뱉으며
눈물을 떨어뜨린다

성냥갑만 한 세상에 갇혀
하루하루를 사는 자의 이 넋두리

마음속 잔뜩 낀 이 불순한 가스는
어떻게 배출해야 할까
이 성냥갑 안에서의 불안은
언제까지 응축시켜 살아야 할까

CCTV 앞에서 발가벗겨진
나의 꿈, 나의 생은
점점 창백해져만 가고 있으니

그나저나 저 문 열리면
하루 페이지는 눈앞에 펼쳐질 테고
나는 용수철처럼 저 세상으로
다시 튕겨져 나갈 수밖에 없을 터

이 지긋지긋한 삶의 이중성은
왜 그토록 힘이 센가

## 시로 채집한 순간들

잠자리 날개에도
연꽃 그늘이 머물던 수면에도
햇빛은 하염없이 자신을 튕겨낸다

그 찰나가 저리 아름다워서는 안 된다
내 아직 준비되지 않았기에

영원히 붙들지 못할 것 같은 찰나들,
오래전부터 내 손길로 쓰다듬고 싶었으나
어찌할 바 몰라 아득하였던 것들

세월은 말한다
남들과 시간을 달리하여
네 보았던 것, 네 느꼈던 것들을
심장에 낙인찍듯이
기억해 두라고

세월은 말한다
네 손끝으로 채집한 순간들이
풍선껌처럼 부풀다 터져버리더라도
그 터지는 쾌감은 크기에
순간을 기억하는 방식,
새롭게 하라고

# 늙는다는 것

늦은 아침,
햇살이 볼때기를 때린다
이젠 일어나라고

때린 손바닥이
얼마나 아릴까 생각하니
내 손이 따듯해진다

이른 저녁,
석양이 자꾸 권한다
이젠 한번 널 돌아보라고

소망을 살려 보려 애쓴 나날들,
절망을 키운 나날들을
하나하나 떠올리니
뇌리에 차오르는 것은
씁쓸한 회한들뿐

내 삶이 노을처럼 다가와
이내 취옹(醉翁)처럼 붉어지더니
밤안개 속으로 실뱀처럼 사라진다

# 공감

누구나 마음속에는
뭔가를 길어 올리고 싶은
두레박 하나쯤은 가지고 있을 터

그 사람 속으로 들어가
뭐라도 길어 올려 주고 싶은 건
내 마음속 두레박도 누군가
길어 올려 주길 바라는 마음 때문이 아닐까

오늘도 네 우물가를 서성대다
내 두레박을 떨어트린다

# 눈 감아 보이는 것들

그건 깊이와 넓이를
가늠할 수 없는 곳으로의 추락

아주 작은 동작으로 떠나는

**깜과 빡** 사이에서의 머나먼 여행

내면에 불이 켜질 때
못된 심보들을 잡아먹는 괴물

그러나이든지 하여튼이든지
우리는 언제부턴가
눈 감는 걸 잊고 살아왔다

## 말 많은 사전


국어사전을 뒤적이는데
어디선가 속삭임이 새어 나온다

검부러기가 찌끄러기에게
서로의 입장은 다르지 않다고

두드러기가 문지르기에게
날 그냥 내버려 두라고

보푸라기가 지푸라기에게
너도 한번 일어서 보라고

싸라기가 금싸라기에
우리는 다르지만 비슷하다고

아우르기가 까끄라기에게
혼자 사는 건 재미없다고……

서로를 위한다는 소리로
저희끼리 속닥속닥거리다
내 귀담아 듣는 걸 알아채고는
말문을 닫을까, 더 크게 내지를까 고민한다

# 좋은 망상

한옥 마루 귀퉁이에
푹 꺼져 있는 저 자루는
세상 모든 슬픔을 담고 있는 듯

내 살가죽이 하나의 자루라면
날이면 날마다
천천히 천천히
노을 한 조각, 바람 한 점, 햇살 한 움큼을
주워 담을 텐데……

# 물끄러미

가을 햇빛 아래
나뒹구는 낙엽은
누구의 시선 때문인가

벤치에 앉아
커피가 식어가는 줄도 모르고
자기를 잃어가는 사람은
누구의 시선 때문인가

너를 향한 시선
습관적으로 부러뜨리는데도
너는 나를 향해 계속 날아온다

## 자기 성찰의 방법


시시시시시시시시시시시시시시시시시시시시시시
시                                  시
시                                  시
시                                  시
시                                  시
시                                  시
시                                  시
시                                  시
시                                  시
시시시시시시시시시시시시시시시시시시시시시시

시로 만든 캔버스에서

네가 그리고 싶은 것은
보여주고 싶은 것은
남기고 싶은 것은
쓰고 싶은 것은……

결국에
내가 해야 할 것은
저 캔버스를 깨트려 버리는 일일까

사모곡


사랑니를 빼고 나니
그 자리에 검푸른 생혈이 고였다

피 맛의 근원을 찾아보니
혀를 베는 쇠 맛이었다

내 몸에는
분명 엄마의 쇳가루가
녹아 있는 듯

아,
언제부턴가 내 몸에
자석이 더 이상 붙지 않는다

철이 들지 못한 몸에
엄마를 잃어가는 심다공증이라도
시작된 것일까

퇴근길 철물상에 들러
쇠못을 구해 고아 먹어야겠다

# 무상(無常)


하얀 식탁보 위
먼지 속으로 파고든 햇살

은빛 쟁반에
말갛게 씻어 놓은 하루

혹 불면 날아갈 듯
혹 꺼질 듯

사라짐 속에서도
늘 사라짐을 기억하려는 나날들

내 나날도 잘 공글려
저 쟁반 위에 올려놓으면

혹 불면 날아갈 듯
혹 꺼질 듯

# 윤회란 것

달팽이가 먹다 만
이슬이 연못 위로 떨어지자
물 위로 파르르 물팽이가 맴돈다

그것은 찰나,
물팽이가 물가로 밀려 나와
물이끼를 툭툭 건드리자 놈팽이가 된다

힘든 세월 탓인가,
놈팽이가 소주잔에 눈물 몇 방울 떨어뜨리자
핑그르 눈물팽이가 어린다

그것도 순간,
눈물팽이가 스러지자
놈팽이는 환생을 들먹이며
다시금 달팽이 되기를 꿈꾼다

# 그놈의 기억

지금 이 순간 내가 이곳에
왜 있는지를 아는 유일한 목격자

나는 그놈의 마법에 걸려 있다

내 몸은 어제도 자랐고
오늘도 자라고 내일도 자랄 것

내 몸은 어제도 죽었고
오늘도 죽고 내일도 죽을 것

생과 멸의 하염없는 반복 속에서
참으로 독하게 사는 놈

단적으로 나는
그놈을 위해 태어났고
그놈을 위해 살아간다

그놈의 눈을 위해 여행하고,
그놈의 혀를 위해 맛집을 순례하고,
그놈의 살갗을 위해 피부과를 찾아간다

그러다 어느 날,
그놈은 알츠하이머 씨를 데리고 와 겁박한다

황혼 앞에 선 나는
그놈의 하루를 편집해서 펼쳐 본다

그놈의 순간이 영원할 것으로 착각하며
살아온 걸 반성해 보고
그놈의 회로판도 리셋해 본다

아무리 발버둥쳐도
뇌리 속에서 망가지길 작정한
그놈은 막을 수 없다

## 후회를 너머


잘 덖은 차만큼
좋은 향을 내는 게 또 있을까


내 속에서 그런 차,
한 소쿠리만 덖어 낼 수 있다면
나만의 향기 피우는 건 문제가 아니겠다


말 잘 듣는 개만큼
나에게 충실한 게 또 있을까


내 속에서 그런 개,
한 마리라도 키울 수 있다면
나만의 충족을 만드는 건 문제도 아니겠다


후회가 밀려올 때는
또 다른 후회가 뒤에 대기하는 법

이제 너는 가면을 쓰고
타인의 바람을 먹고 자라는
그런 자가 되어선 안 된다,

정수리에 떨어진 찬비를,
어깨에 맞은 죽비를 늘 기억하는
그런 자로 살아야 한다

# 공감의 힘

오래된 철공소 안
파란 녹이 슨 철판에서 피어오른 쇠비린내

유년 시절 엄마가 혼내실 때마다
머리를 처박고 맡았던 우물 속 물비린내

한 비린내는 왜 다른 비린내를 끌어낼까
비린내들끼리는 서로 통하는가,
한 통속인가

깊은 밤 식탁에 앉아
너의 시를 읽는다
시간도 읽고
공간도 함께 읽는다

네 시의 깊음은 다른 이의 깊음을
끌어내는 힘이다

너와 나는 하나가 된
저 깊은 곳에서
네가 울면 나도 울고
내가 기뻐하면 너도 기뻐한다

## 아내의 구박


한밤중에 손등에 내려앉은
모기가 묻는다

무슨 시를 쓰길래
생각에 잠겨 있냐고
글자에서 뭘 뜯어먹을 게 있냐고

손등에서 하루 배를 채우려던 모기는
내 모습에 영 밥맛을 잃었는지
훌쩍 날아간다

모기한테 구박받는 날은
왜~엥 소리가 더 크게 들린다

# 권태를 해소하는 방법


날마다 먹는 나의 제삿밥에,
오입*도 정나미가 떨어지는 날에

그렇게 썩 먹고 싶은 것도 아닐 때,
그렇다고 썩 먹고 싶지 않은 것도 아닐 때

먹고 싶은 것과
먹고 싶지 않은 것 사이에서
방황만 하다 콱 죽어버릴 것만 같은
그 느낌이 찾아들 때

난 뒷골 때리는
홍어를 먹는다


* 오입(悟入)은 불교에서 도를 깨달아 실상(實相)의 세계로
  들어감을 일컫는다.

# 말하는 영정

소설소설소설소설소설소설소설
소                          설
소                          설
소                          설
소                          설
소                          설
소                          설
소                          설
소                          설
소설소설소설소설소설소설

소설로 만든 거울 영정 속에
네 얼굴을 담아 본다

너는 사람인가,
저승에 갈 표를 잃은 유령인가

너는 살아있는가,
죽어있는가

사람처럼 죽어있었던가,
유령처럼 살아있었던가

사람처럼, 유령처럼 살았던 자의 영정이
뭔가를 말할 때
너는 귀 기울여야 한다

2부

자연은 스스로를 노래한다

# 달빛

손 없는 날 저녁,
바위너설 위 달 떠 있어
진지는 드셨는가 물었더니
빙그레 웃기만

집에 돌아와 잠자리 들자니
창문에 웬 낯선 게
어룽어룽

창 열어 들어오라 했더니
순식간에 한방 차지

아랫목까지 길게 퍼질러
내 잠자리까지 넘보고는
뭐가 그리 좋은지
실룩샐룩

단 한 번 말 걸었을 뿐인데
예까지 따라와서는
술상 내오라 한다

# 시인의 길

― 은 하늘과 땅을 갈라놓는다
― 은 하늘땅을 붙여 놓는다


 하늘땅은 아무리 넓고 높아도
― 에 묶여 있다
― 에 나도 묶여 있다


 그러나 시인은
― 에 묶여 있는 것들을 풀어낸다
― 로부터 탈출을 노래한다


 그러면서 시인은
― 로 향한 오체투지*를 한다


* 오체투지(五體投地)는 불교에서 먼저 두 무릎을 땅에 꿇
 고, 두 팔을 땅에 댄 다음 머리를 땅에 닿도록 절을 하는
 것을 말한다.

# 어떤 유체이탈

아침에
나는 보았다
한 유령이 엘리베이터를 타고
하강하는 것을

한밤중에
나는 보았다
한 유령이 엘리베이터를 타고
상승하는 것을

눈을 감고
나는 보았다
유령으로 보이는 나를

눈을 감고
안쓰럽게 지켜보는
또 다른 유령을 보았다

# 배려의 힘


아침 창밖을 보니
녀석의 날갯짓이 유난스럽다

뭘 전할 요량으로
저리도 날개를 쳐댈까

아뿔싸,
녀석은 베란다 창틀에다
회색빛 똥을 시원하게 갈겨 놓는다

속을 가뿐히 비웠으니
저 하늘을 높이 날 수 있겠다
구름도 따라갈 수 있겠다

고것 참,
근데 똥은 누가 치우지,
똥 치우는 수고를 녀석은 알까

하늘에게 부탁이라도 좀 해야 하나
궁시렁 내 한참을 투덜거리는데
녀석은 비구름 끌고와서는
빗방울을 풀어놓는다

잠시 후,
똥이 쓸려나가고
창틀에 쌓인 해묵은 먼지도
함께 쓸려나간다

## 유사 호접몽

꿈속에서 어깨가 걸려 침을 맞았다
실제로 어깨결림이 풀어졌다
침은 누가 놓았을까

꿈속에서 카톡을 했다
아침에 카톡을 보니 헤아리기 힘들다
카톡은 누가 보냈을까

날마다 가상현실을 작동시키고
존재의 의미도 좌절시키는 나비들이
눈앞으로 날아든다

어떤 날은 눈길을 하염없이 걸었다
걷다 보니 당신 속이었다

어떤 날은 극장에서 음악 영화를 봤다
상영이 끝난 스크린에서 음표가 춤을 추었다

언어의 경계를 세우지 못하고
의미의 한계를 넘어서려는 나비들이
이 너머로, 저 너머로
그 너머의 너머로 날아다닌다

## 자유의 여신

들창 맞은편에 걸린
더는 라벤더 향이 나지 않을 듯한
어느 여인의 초상화 한 점

화가는 얼마나 많은 집념으로
여인을 색 안에 가두어 놓았을까

얼마나 많은 유혹으로
선 위에서, 면 위에서, 캔버스 위에서
춤추게 하였을까

젊은 날의 빛도 이젠 다 바래
점점 회색 톤으로 변해 가는 여인아

희망 없는 나날 속에
색들이 홀연히 날아간 것처럼
너도 어디로 날아가고 싶은 것이냐

# 땡추들

톤레사프* 호숫가에서
하늘과 물은 경계가 없다
물이 하늘을 품고 하늘이 물을 품는다

갠지스 강가에서도
소와 사람들은 경계가 없다
사람이 소를 품고 소가 사람을 품는다

세상의 경계는 무화(無化)되다가
다시 접화(接和)되어 가는데
땡추들은 날마다 새로운 경계를 세운다

그러니 조계사 부처님도
돌아앉을 수밖에


* 캄보디아에 있는 거대한 호수로 수상가옥이 유명하다.

# 한낮의 깨달음


염천 복날,
개가 아스팔트 길을 건너다
차에 치었다

한순간 모든 것이 얼어붙고
공간도 긴장한다

핏물 고인 바닥에서
"개같이 죽는다"는 의미가 튀어오른다

잠시 후 나의 그림자를
개의 사체에 오버랩시켜 본다

아스팔트 위에
선명히 남겨진 사체의 흔적은
나에게는 글자 없는 경전,
신의 육성이다

길 건너 무상(無常)으로 들어가는 입구에서
뭔가가 손짓하고 있는데
봐주는 이 없다

# 멍때리기

단언컨대 수면을 쳐다보는
멍때림 속에는
물끄러미가 살 것이다

물결들은 진작에 시선 속에서
녹아내리다 사라졌다
수변 풍경도 눈속에 머물지 못한 채
물끄러미에게 자리를 내준다

사물과의 경계를 지우고
뭔가와 혼연일체가 되어버린 자는
몰아(沒我)라는 열차를 탄다

물가에 우두커니 서서
아득한 저편에서
이 모든 상황을 지켜보는 자를 찾아 떠난다

# 자존감 키우기 1

시를 좋아하는 너,
왜 믿지 않는가
네 속에는 아주 오래전부터
은빛 바퀴가 자라는 것을

신을 경배하는 너,
왜 믿지 않는가
그 바퀴가 언젠가 너를
아주 멀리까지 데려다주리란 것을

시도 신도 제 할 바를 알고는
너를 위해 온 우주의 힘을 몰아가는데
지금 넌 뭘 하고 있는가

## 자존감 키우기 2

갈색빛이 넘실거리는 들판,
햇살이 갈대들을 빗질하는 오후

출판도시 저류지에 떨어진 햇빛이
강철 거울에 튕겨진 화살처럼
내게로 날아온다

빛은 거울을 뚫지 못하는 법

가을날에 꼭 거울처럼
살고 싶어지는 건
무슨 까닭인가

세상사에 휩쓸리지 않고
그까짓 사는 이유조차 죄다 창공으로
튕겨대며 살고 싶어지는 건
무슨 까닭인가

# 선인장

난 어디서 왔는가
추측은 너무나 먼 이야기

내 갈기갈기 찢겨도
눈점 하나만 있으면 된다

삼 년을 물 한 방울
들이키지 않아도 산다

뜨거운 바람이 불 때마다
그리움으로 가시를 키웠고
눈물로 몸을 채웠다

내게 그리움은
눈물을 먹고사는 가시이다

# 어느 추모일 즈음

잿빛 구름이 내려다보이는
심학산 둘레길을
네가 남겨준 모자를 쓰고 걷는다

이때쯤 발길은
언제나 네 마음속으로 들어가는 길이다

숲길 너머에서 너는 하회탈을 쓴 채로 불쑥 나타나
괜찮다, 괜찮다 말할지 모르겠지만

저 하늘에 별 하나 정도는
진작에 사놓았어야 잊어갈 수 있는 일들이
어디 그리 맘먹은 대로 되던가

네가 그곳으로 일찍 간 것은
거기서 이곳의 일들을
느긋이 지켜보고 싶어서였겠지

너 없어도 잘 돌아가는 세상에
더는 야속하다 하지 말게,
내 아직 예 있으니

# 배웅

해 질 녘
여의나루에서 바라본
한강 하류의 수평선이 들떠 있다

빛이 어둠을 낳아 기르는 건지
어둠이 빛을 죽이는 건지
난 잘 모르겠다

물 위에 뿌려진 금빛 가루가
생멸, 생멸, 생멸, 구령을 붙여 가며
하염없이 파닥거린다

저 멀리 색조 화장을 한 63빌딩이
관촉사 미륵보살님처럼 서서
강물을 배웅한다

# 느티 고목

원주 교향리에
그늘이 바다 같은 나무는
늘 그 자리에서 말한다

세상을 겉도는 대신
이제 한 곳에 살아가라고

내 울적한 날에
수피를 어루만지며 위로라도 받고자 하면
나무는 심사가 머물 좌표를
툭 던지며 말한다

네 비석을 세우고
이제 거기서 살아가라고

나무는 내 키 높이로 볼 수 없는
저 언덕 너머에 뭔가를 본 게 틀림없다

# 힐링 포인트

잿빛이 도는 파주 출판도시에서
풍파에 시달린 자의 마음은
누가 위로해 줄까

칼날 위에 선 나날들에
안식을 주고 싶어 잠시 떠난다

임진강 하류에서 마주한 바람이
연실 물빛들을 튕겨낸다

물빛은 내 시름의 연원을 알까
바람은 내 고민을 알까

해거름 속에서
노을을 휘감아 온 강바람이
내 등을 다시 출판도시로 민다

## 절망의 끝

는개 방울 하나가
내 품은 세상 전부이고
그 떨어지는 순간이
내게 주어진 시간의 전부인 것을

이슬에 비친 것이
내 가진 지식의 전부이고
그 증발하는 시간이
내 기억을 지워가는 속도인 것을

가을 그림자가 인도한
그해 초겨울의 무시무시한 깨달음들,
대체 여기서 나는 무엇이고
어디로 가야 하나

절망은 점점 말이 많아지고
희망은 말이 적어진다

# 겨울 한파

살면서 그게 무엇이든
나 여기 있음을 느끼는 기회
몇 번이나 될까

이와 잇몸 사이에
북극 빙하라도 갈아 넣는 듯
훑어가는 스케일러

점점 날 북극으로 내모는 너는
대체 잇몸 어느 바닥까지를 헤집어 놓아야
직성이 풀리는가

지금 이 순간에
너만큼 날 시리게 하여
내 존재성을 관통해버리는 것이
또 있을까

연실 징징대는 스케일러 소리에
겨울은 깊어만 가고
나 여기 있음도 많아져 간다

# 낙향의 꿈

국어사전을 베고
낮잠 자다 깨어났더니
머리가 천근만근

어휘들이 꿈속으로 쳐들어와
제 고향 자랑을 늘어놓은 탓이다

이제 나에게 충실했던 어휘들을 가지고
더 이상 몽정하는 식으로는
살고 싶지 않으니

이쯤 하여
나도 고향으로 내려가
어느 물참이나 기다리며 살아볼까

# 시 습작

숲속의 바람 소리는
공기가 내는 소리일까
나무가 내는 소리일까

아니면,
나무가 바람에 말 거는 소리인가
그것도 아니라면,
바람이 나무를 쓰다듬는 소리인가

시를 써 보니 알겠다
나무가 적막에 싫증 내자
바람이 나무를 춤추게 한 것을

시를 써 보니 알겠다
바람이 나무와 흘레하자
자지러진 나무가 낸 신음인 것을

3부

하늘 끝에 머무르다

# 무서운 겨울 하늘

옥상 위로 떨어지는 햇살이
많은 눈동자를 하늘로 밀어 올린다

대체 누가 저 하늘을
온통 푸르른 물로 채워 놓았는가

쩡,
하늘빛 번개들이 푸른 사파이어가 되어
네 눈동자 속으로 파고든다

하늘 한쪽에서는 낮달이
구름을 피해 서쪽으로 미끄러지다
저 위태한 바다를 안고
네 눈동자 속으로 들어온다

낮달이 갈 좌표를 잃어 서글퍼 보이는
바로 그 순간

짱,
어디선가 붉은 고래가 나타나
낮달을 삼켜버린다

# 아름다운 사기

넓이와 깊이가 가늠 안 되는
저 짙푸른 겨울 하늘,
필지마다 구획 지어 내다 팔 수만 있다면

해 지나간 자리          6,000원
달빛 흘리고 간 자리    7.000원
별똥 사선 그은 자리    8.000원
진짜 구름 끼워          9,000원……

시집 한 권 값도 안 되는 값으로
이 세상 속절없는 시인들에게
죄다 팔아치울 텐데

정작 하늘은 내 팔아도 되는지
답은 안 주고
싱긋 웃고만 있다

# 숲 예찬


숲 공기에 휩싸이면
내 몸은 솔잎 내음으로 아득해진다
함께 즐겨볼 일이다

숲 글자를 보면
그 모양대로 집 한 채가 숲속에 들어선다
함께 세워 볼 일이다

숲을 길게 말하면
저 단전 끝까지 깊은 숨이 들어차진다
함께 들이쉬어 볼 일이다

숲은 오래전부터
내음도 피우고, 모양도 잡고
말의 기운마저 준비해 온 것이다

여기에 왜 숲처럼 살아야 하는지
이유가 있다

# 스마트폰 중독


하늘과 바다는
거울로 서로를 마주 보며
키득거리고 있었다

하늘과 바다는
해와 달을 갖고
저글링을 하고 있었다

어릴 적엔 나도
손거울 하나쯤은 들고 있었다

사금파리로 땅바닥에
해와 달을 그리며 놀았다

해 질 녘 산기슭에서
달 뜨던 동산까지
놀이에 미쳐 살았던 아이들

이제 그 아이들은
스마트폰 속으로 사라졌다
내 속의 아이도 덩달아 사라졌다

# 징검다리

고요마저 잠재우려는
물살의 속살거리는 소리가
더 크게 들리는 밤

너는 고향 냇가에서
낮의 피곤함에 몸을 뒤척이다
동천(冬天)의 북극성처럼 깨어난다

낮에는 얼마나 많은 이가
널 밟으며 건너갔을까
밤에는 얼마나 많은 이가
널 밟으며 건너왔을까

너는 반쯤 물에 잠긴 몸으로
버들치를 가슴에 품고
자장가를 들려준다

인적 끊긴 밤에는
자기를 밟은 사람들의 얘기도
소곤소곤 들려준다

조릿대에 바람이 잦아든 날에는
하늘도 네 수고를 아는지
별들을 내려보낸다

# 낙서가 시로 여행하는 순간

때로 생각 없이
그어 본다, 아니 그려 본다,
써 본다……
그래 풀어 본다

한참 그러다 펜 끝에 집중한다
그곳은 아주 오래전부터
조물주라도 자리한 듯

금방 찍은 까만 점 하나로부터
한 별이 떠오른다
별을 탄생시킨 기쁨으로
점들을 다시 콕콕 찍어 본다

점들이 별들로 떠오르는가 싶더니
어느새 은빛 날치들이 되어
우주 곳곳으로 날아간다

숨을 가다듬고
이번에 점들을 마구 찍어댄다
갑자기 날치들이 다른 우주로 나아가려는
채비를 한다

# 이상한 충동들

뭔가로 마음을 들볶일 때는
방안에 가만히 누어
사물 아닌 것들을 느껴 본다

빛의 노래에 소리의 무게를 실어 보고
공기의 충만함을 부드러운 어둠에 섞어 본다

그것들은 서로 싸우지도 않으며
이 공간을 잘 채운다

때로 고요를 깨기도 하지만
어떤 흔들림도 없이 텅 빈 곳을 잘 채운다

과거를 넘어온 것들이,
미래로 넘어가려는 것들이 방 안에 있고
소리의 뼈가 잡히고
어둠의 살갗이 만겨진다

너는 나를 유폐시켰다고 하겠지만
나는 너를 즐긴다

# 양광(陽光)


들창으로 들어와
잠시 머뭇거리던 빛이
방 깊은 곳에 두 번 떨어진다

한번은 창틀 벽에 역광으로,
또 한번은 안쪽 벽에 양광으로

이 순간이 어떤 리듬을 타고
어떤 공명을 일으키는지
내 알 순 없다

떠다니는 먼지들과 어울려
순간에서 영원으로 달려가고,
영원에서 순간으로 달려오는 듯한
그 하염없는 빛들의 유희

덧없음의 찬가

물 스미듯이 벽체를 파먹어 가다
결국 어둠을 향해
죽어가는 빛은 말이 없다

인생무상이란 등짐을 진 빛들이
뭔가 말걸어 오는 듯한데
나도 할 말이 없다

4부

땅의 속셈을 알아차리다

# 판데목*으로 가라

햇볕이 가득한 바닷가
마음을 널어 말릴 수 있는 곳
언제 마음속 비 내려 습해진다면
그곳에 가라

파도를 가르며
물수제비 총총 떠서는
점점이 파문으로 오려진 것들,
누군가에게 던지고 싶거든
그곳에 가라

그곳은 원래 그런 곳,
한번 가본 이는 누구나 마음에 두고
괜히 나누고 싶은 곳

바람의 속살에 파고들어
사그라진 연정들을 하나, 둘씩
기억으로 되돌려 놓고 싶으면
그곳에 가라

보랏빛 그믐달 밤
연실 너울대는 나룻배 타고
쉼 없이 서성이며 흥얼거렸을 시인,
그의 심정을 달래 주고 싶거든
그곳에 가라

그곳은 원래 그런 곳,
앞으로 가볼 이에게 내 마음을 담아
괜히 주고 싶은 곳


\* 경남 통영시의 충무운하 근처의 옛 지명. 백석 시인은
  사모하는 여인을 찾아 판데목에 갔었다.

# 불국토

박달재 넘는 길,
한켠에 쌓아 놓은 돌탑 더미에서
쑥덕임이 새어 나온다

가던 길 멈춰 귀 기울이니
저마다 더 쌓아달라는 아우성

탑들의 소란 그냥 내칠 수 없어
내 절실한 기원을 담은
돌 하나를 올린다

아슬아슬함이 춤춘다
탑신은 나의 간절함을 세워 보려는 듯
칡넝쿨로 제 몸을 휘감는다

돌들끼리는 자기 쌓은 손길을
분명 기억할 거고,

나무들은 기원이 돌에 스미는 것을
지켜봤을 터

내친김에 탑 위에 돌 하나 더 올려놓자
솟대에 앉은 새
푸릉, 푸르릉 오르더니

부처의 나라는 저기,
따라오라 한다

# 가로등 불빛 아래에서

머나먼 전선을 타고
너는 어딘가로부터 쉼도 없이
달려왔다

한낮에 잠들었던 너는
어둠이 밀려오는 소리에
기지개를 켠다

깊고 얕음이,
멀고 가까움이 사라진 자리에
먹줄을 친 땅거미를 쫓아버리기라도 하듯이
불을 켠다

그 아래에서 나는
바닥에 뿌려진 빛 조각들을 줍는다

네가 고장 난 날,
다시 흩뿌리기 위해

# 어떤 위로

여수 앞바다에서
달빛이 섬들 하나하나를
튀각처럼 튀겨낸 날

어수선한 섬들 사이에서
해조음을 듣는다

"자니?"
"달빛이 저런데 잠이 와!"

바람 잦아 고요가 깊어지는 날에는
속삭임이 더 크게 들려온다

그러다 세상살이 힘들어지는 날에는
섬들이 있는 밤바다를 찾아
내 얘기를 들려준다

# 삶의 변죽을 두들기다

지루한 산길을 내려오다
수꿩이 화들짝 날아오르는 바람에
내 놀라 자빠진 순간

산들은 멀리 나자빠지고
나무들은 박장대소한다

장끼를 탓할까
발밑에 낙엽을 탓할까
균형 잃은 내 몸을 탓할까

그 어느 것도
날 자빠트린 이유는 아닌 것 같은데……

괜한 것들에 사로잡혀
머릿속에서 한참 씨름하다가
어느새 다 내려온 산길

## 자존감 키우기 3

정서진* 앞바다에서
언제 노을을 보게 되면
앞으로 나가 외쳐보고 싶다

"동작 그만!"
"일동 차렷!"
"경례!"
"바로!"
"열중 쉬어!"

한 번쯤은 노을의 군기를 바짝 잡아
날 우러르게 만들고 싶다

* 인천광역시 경인아라뱃길 끝에 있는 옛 나루터.

# 어떤 질투

강변을 거닐다
돌멩이 하나와 눈이 마주친다

돌멩이를 주어 들어
강물 위로 힘껏 날린다
하나, 둘, 세엣, 네~엣……

똑똑 끊어진 포물선들은
강 건너편으로 물수제비를
연실 만들어 간다

내 몸짓에
석양이 미소 짓는다

어스름이 짙어져
집으로 돌아가려는데
다른 돌멩이가 날 쳐다본다

## 자존감 키우기 4

텃밭에 풀을 뽑다 보면
인연을 맺고 싶지 않은 풀이 있다

이마 혈관이 터져 나갈 정도로
용을 써도 뽑히지 않는
그런 풀이 있다

뿌리를 움켜쥔 땅 힘이 센 건지
아니면,
땅을 움켜쥔 뿌리 힘이 센 건지
알 수 없는 풀

그걸 알아내는 건
내 생애 정말 아득한 일

차라리 용쓰는 내 힘이
모자란 것으로 생각하기로 했다

그렇지만 난
그 힘만큼은 절대 믿는다

# 늦은 밤 광장에서

바람이 텀블링하다
한쪽 구석으로 밀려나 앉는
텅 빈 광장

오늘 낮 방패로 땅을 찧던 열기를
말끔히 씻어내지 못하였는지
함성을 일으켜 세운다

기억을 줍듯이 하루를 스캐닝하여
발아래 펼쳐 본다

여기저기 널브러진 함성의 찌꺼기들을
자박자박 밟아 보지만
뇌리 속 메스꺼움은 가시지 않는다

한낮의 갈망들이 한쪽 구석에 물러앉아
회한을 잡고 실랑이를 벌인다

서로는 자기에게 밀려오는 것들이
얼마나 덧없는 것들인지를
잘 아는 듯

나는 가로등의 사열 속에 환청을 느끼며
막차를 올라탄다

어딘가 가야 할 곳이 있다는 것은
내일도 살아야 할 이유를
새롭게 한다

# 디지털 사막에서

0과 1의 알갱이로 쌓인
디지털 사막이
메마른 호수가 된 지는 오래다

사람들은 등 돌리고 앉아
저마다의 섬을 꿈꾸고
깊이를 알 수 없는 골방에서 천상으로
시간을 드리블해가며
자기 섬을 만든다

철없는 새가 날아와
둥지 틀어 기형 알을 낳아도
그건 금성의 일이라 여기고
허무에서 밀려나온 바람을 기꺼이 맞는다

바람에 몰려다니는 검불 뭉치처럼
하염없이 자기를 잃어 간다

자기 찾으러 떠나는 이에게
말 거는 사람조차 없고
그게 더는 반갑지도 않은 듯하다

0과 1의 가깝고도 먼 길 사이에서
마냥 방황하다 닳아져만 가는
생들이 보인다

# 병든 원향(遠鄕)


흰 구름으로 감싼 봉우리,
우리는 그 젖줄을 타고 놀았다

봉우리에서 흘러내리다 다다른 벌판,
그 배꼽에 빠져 깊이 잠들었고

벌판이 내달리다 갈라진 검은 숲,
그 둔덕에서 젊음을 불살랐다

진주 품은 조갯살처럼
태곳적 온유함이 자리한 그곳에서
우리는 후손을 만들었고 온 정성으로 키워냈다.

부처, 예수, 공자, 마호메트를 생산하였으나
한 번도 뽐낸 적 없는,
그 생명 그릇 밖에서 누구도 태어날 수 없는 곳

바로 어머니의 어머니가,
그 어머니의 어머니가 만들어 준 원향,
그 원향이 병들어가는 시대에
우리는 살고 있다

사람들은 구원의 길을 잃어버린 채로
오늘도 어제와 같은 방황 속에서
같은 씨를 뿌린다

# 깊은 대화


깊은 밤 저수지,
저 멀리 초록빛 찌를 꽂아놓고
뭔가를 기다린다

물살에 흔들거리는가
바람에 흔들리는가

어둠을 꿰뚫는 시선에
아랑곳하지 않는
찌는 등대가 되어 간다

지난해 투신한 가장이
입질이라도 하는지
갑자기 붉은빛으로 번져 가는 물결,
또 위에 잔물결

소주 한 잔을 채워
물 한가운데로 휙 뿌린다


수면은 다시 초록빛 고요를 타고
깊은 밤의 무게를 받아들인다


불어 터진 공기를 흔들어 대던 찌는
새벽 물안개에 자리를 내준다

# 겨울의 속셈

북녘땅이 보이는
심학산을 뒤로하고 너른 들판으로
시야를 다시 쪼갠다

저 멀리 산지 구릉을 까고
반쪽 나무테처럼 들어선 아파트들은
잿빛 구름에 짓눌려 신음하고

북으로 이어진 강변 철조망은
미혼모의 수술 자국처럼
슬픔을 박아댄다

이 산하는
겨울이 초목 외투를 벗겨 내야
인간이 무슨 짓을 했는지
죄다 보여주는가

봄, 여름, 가을의 천연색을 다 빼내고
역사의 고갱이만을 보여주려는
겨울의 속셈은 무엇인가

5부

사람답게 살아본다

# 아내의 빈 자리


로비 바닥을 쪼는 하이힐들,
창원 터미널 모텔은
대실 만원으로 빈방이 없다

밤 깊어 다시 찾은 모텔,
엘리베이터 안에 고인
아찔한 향수

그 요염한 공기 알갱이들이
수컷의 본능을 깨운다

누군가 금방 토해 놓은 숨결에
공기 무게가 달라진 룸,
여전히 발기된 듯한 가구 모서리들

하얀 시트가 날 선 빛을 튕기며
그냥 자라 한다

카톡으로 아내를 불러내
철 지난 안부를 묻는다

# 아지랑이

너는
이상과 현실이 들고나는
터미널에서 늘 그러하였듯이
자유를 꿈꾸는 사람

그런 사람이 될 수 없는 나는
날마다 지상에서
네 흉내나 낼 수밖에

너는
이성과 감성이 충돌하는
갤러리에서 늘 그러하였듯이
이성을 펀드는 사람

그런 사람이 될 수 없는 나는
날마다 지상에서
네 탓이나 할 수밖에

아무리 만나려 해도
아무리 만났다 해도
끝내 만나 주지 않는 너는
아득한 사람

# 그리움의 속성

내 눈은 줌 렌즈,
날마다 작은 심상으로
멀리 있는 널 끌어당겨 찍는다

내 껌벅거림은 셔터,
그 횟수만큼 가득한 염원으로
네 뿜어낸 빛들을 담는다

내 기억은 필름,
회상은 곧 휘발할 테지만
추억은 영원할 것처럼 저장한다

내 머리칼은 암실,
검은 커튼으로 고요를 만들어
가슴 속 너를 인화한다

언젠가는 렌즈와 셔터 힘이 약해지고
필름이 바닥날지 모르지만
나는 운명처럼 널 찍어댄다

마음 저 깊은 곳
나만의 아카이브를 만들어
인화된 것들을 쟁인다

# 어떤 본능


술자리 파하고
한 잔 더하고 싶던 차에 마주친
'미녀와 육회'라는 간판

그 절묘한 어휘 조합이
잠들었던 전립선을 톡톡 건드린다

오래전에 말라버린 누선도
뭔가를 왈칵 쏟아낸다

이건 확실히 좋은 조짐

건포도처럼 쪼그라든 음낭은
곧 물 밖을 나온
가물치를 만날 것이다

# 인생 소묘

거실에 햇볕 들자
아내는 자벌레처럼 배를 밀어 가며
책을 읽어 간다

잠시 후,
나른함이 달린 햇살에
아내의 머리는 연실 방아를 찧는다

중력을 거부하려는
가녀린 몸짓으로
책잠에서 벗어나려는 아내

보이지 않는 저 괴물과의 싸움은
대체 언제 끝날까

소리 없는 함성들이 꽉 찬 거실에서
난 그저 경기를 관전할 뿐

# 기계로 쓴 씨

자기 몸에
시가 새겨져 나가는 걸
기계는 기억할까

톡톡 의미가 던져지는 즐거움,
기계도 느낄까

영혼 없는 몸체에
희로애락, 생로병사, 소탐대실, 자화자찬이
연실 들락날락거리고

순식간에 배설하고
순식간에 느껴버리고
순식간에 잊어버리는
오로지 시대와의 탈선을 피하기 위해
몸부림치는 사람들

그래도 눈물, 콧물, 진물 다 짜낼 수 있는
착즙기가 내 손에 있다는 건
시대가 선사한 선물인가
물신(物神)이 내린 축복인가

# 버려진 양수기

언제부턴가 나는
논두렁 한쪽에 버려진 채
세월만 파먹는 몰골로 남았다

속 꽉 찬 울음을
한 번은 터트리고 싶었으나
바람이 만류하여 참았다

이젠 고철로도 취급받지 못하고
그냥 버림을 받아버린 생
누구를 탓하랴

이승에서 잔여의 나날들아,
이젠 안녕이다

샛바람이 선사하는 풍장 속으로
나는 들어간다

## 나와 동명이인들

인터넷 서핑을 하다
궁금해 내 이름을 쳐본다

나 아니면 쓸 리 없다 여긴
내 이름이 여기저기서 튀어나온다

우리는 어떤 인연으로 결속된 걸까

한 이름으로 분신된 자들이
저마다 이름값을 하고 사는지

저마다의 사연으로
자신을 괴롭히며 살고 있지 않은지

이런 생각 저런 생각을 하는데
점점 더 막막해지는 건
나란 놈

# 상선약수

빗줄기가
계곡의 나뭇잎들을
정신없이 두들겨대자
풀죽었던 나무들이 리듬을 탄다

계곡물은
돌덩이들을 휩쓸어
우당탕 떠내려가며
드럼 연주를 해댄다

물살의 대가리가
돌 정수리에 으깨지더니
하나의 물길로 되어 간다

처음 작았던 물길은
다시 큰 바위에 깨지다 합치면서
더 큰 물길을 만들어 간다

마침내 호수에 이르러

수평 라인을 길――――― 게 긋고는

모든 물살을 잠재운다

# 어떤 자위

지하철 바닥에 박힌 하이힐 굽은
아마조네스의 귀환을
선언하기라도 하는 듯 힘차다

아이뷰러를 들고
단호하게 속눈썹과 씨름하나 싶더니
이내 외계와 교신이라도 하듯
손가락 번개를 튕겨 나간다

미의 전사로 나서는 길은 거침이 없고
사람들은 자기도 모르게
아찔한 향수에 젖는다

여성적인 것들의 고결함조차 뛰어넘어
위풍당당함이 자연스레 배어나는
저 저돌적인 몸짓

대체 그런 몸놀림은
어디에 연원을 두고 있는가

뭇 수컷들의 시선을 향해 달려가는
욕망은 분명 아닐 터
자위하려는 삶의 아름다움만이
점점 커 보인다

# 진동하는 스마트폰

퇴근길을 걷고 있는데
상의 주머니가 부르르 떨린다

천상의 부름인가
누군가 날 찾는 간절함인가
얄팍한 가슴에 자지러지는 젖꼭지

그 작은 떨림으로도
세상은 달리 읽히고
건초더미 같은 일상도 뒤집을 수 있는 법

쇼윈도 비친 얼굴에
미소를 박음질한다

친구와 술집 데크에 앉아
두 다리를 뻗어 초승달에 걸쳐 놓으니
세상 내 편이 아닌 게 없다

아무래도 오늘밤은
토라진 아내에게
귀를 물어뜯길 것만 같다

# 누드 모델


오늘도 살갗을 걸치고
그대 앞에 선다
꼭 생계 때문만은 아닌 이유로

수치를 깎아내는 근성은
천 가지 포즈를 취하게 만든다
내면의 긍지가 드러나도록

영육을 오려가는 손길들이
몸 가죽에 나타난
삶의 흔적들을 샅샅이 찾아내어
캔버스 위로 옮겨놓는다

드로잉하는 숨결이
공기 속으로 깊게 파고들어
모든 것을 정물로 굳혀 간다

너와 혼연일체된 기쁨을 기억해 두며
나는 포즈를 계속 고쳐 나간다

너는 그림 속에 살고
나는 포즈 속에 죽어간다

# 행복한 착각

자네 한 잔, 내 한 잔
주거니 받거니,
우리는 술을 마신 게 아니라
관계를 마셨다

자네 한 방, 내 한 방
주거니 받거니,
우리는 싸움을 한 게 아니라
성난 가슴을 달래주었다

자네 한 통, 내 한 통
주거니 받거니,
우리는 보증을 선 게 아니라
마음 밭을 내주었다

살아 있는 동안
이런 주거니 받거니가 계속되는 한
지옥은 없을 것

# 욕심의 이면

살찔 것 같아
다이어트 좀 할라치면
머리털이 빠지고

머리털 빠지는 게
신경 쓰여 좀 먹을라치면
살이 다시 찌고

살점과 머리털이
한 몸속에서 맹렬히 싸우는 동안

내 몰래 자라나는 건
집착이란 괴물

피둥피둥 찜 속에서
쑥쑥 빠짐 속에서 새어 나오는 건
저 괴물의 신음 소리

# *!* 보따리


탁탁,
*!*로 네 머리를 두드린다

언제부터인가 네 마음은 얼음장,
한번은 *!*로 금가게 하고 싶다

톡톡,
*!*로 네 가슴을 토닥인다

오늘도 화양연화가 올 거라 믿는 너,
*!* 하나를 내려놓고 돌아간다

툭툭,
*!*를 네 발 앞에 떨어뜨린다

다시 행복을 되찾아야 할 너,
이젠 *!*를 네 스스로 주워야 한다

# 마애불

큰 바위 속에 부처는
세상 나오기 싫어하는데
왜 자꾸 끄집어내려 하는가

너도 반, 나도 반
딱 반씩만 내보이는 모습으로
우리 서로 양보하자

먼 훗날에 우리 서로
그 모습을 보며
행복해지자

# 끝까지 가는 시작의 길

유종인
(시인, 문학평론가)

　시(詩)는 어디서부터 시작해도 끝이 없고 어디서부터 끝맺어도 그 여운은 새로운 마음의 시작을 알린다. 시적 완결성은 유의미한 수사적 완성도를 말하는 것이겠지만 그 시를 부려내는 마음의 길은 완성이라기보다는 무한한 열림의 자세에 있다. 즉, 수용(受容)의 오지랖을 새로이 일으켜내는 마음의 기율(紀律)은 언어 밖에서 오히려 몸과 맘의 지향을 오롯이 띤다. 그러니 시작(詩作/始作)이라는 영역은 세속적 영리에서 한두 발자국 짐짓 비켜선 자리에서의 "가던 길 멈춰 귀 기울이"(「불국토」)면 열리는 또 다른 세상을 영접하는 소슬한 자기 발견에 있다.

　어디서 무엇이 되어 있다가 이제 우리 마음과 감각을 각성시키는 감성들은 마치 외계인처럼 낯설고 한없이 오랜 인연처럼 때로 친숙하다. 무릉(武陵)에 든 이백(李白)처럼, 그리하여 이 세상에 들었으면서도 이 세상 같지 않은 절경에게 고백하는 심사(心思)로 우리네 세속 도시의 현재에도 시의 풍물은 돋아나

있지 싶다. 흔전만전한 가운데 시의 일품(逸品)이 왜 없겠는가. 눈여겨보는 자의 골똘하고 그윽한 심정이라면 번다하고 복잡다단한 세간에서도 앞서 태백이 말한 "별유천지비인간(別有天地非人間)"이 외따롭지 않고 지금 현재 여기의 근경(近境)으로 우리 곁에 더불어 있지 않은가 싶다.

　김영익의 시적 지향은 그런 자기 발견의 일상적 소중함과 자연의 풍취에서 존재의 풍정으로 나아가려는 서정적 발걸음을 돋아내고 있다. 그리고 그런 시적 지향을 벼리고 있는 존재에게 자아(ego)는 소중하고 종요로운 시적 화두이자 생각과 에스프리(esprit)의 발판이다.

　　지금 이 순간 내가 이곳에
　　왜 있는지를 아는 유일한 목격자

　　나는 그놈의 마법에 걸려 있다

　　내 몸은 어제도 자랐고
　　오늘도 자라고 내일도 자랄 것

　　내 몸은 어제도 죽었고
　　오늘도 죽고 내일도 죽을 것

생과 멸의 하염없는 반복 속에서

참으로 독하게 사는 놈


단적으로 나는

그놈을 위해 태어났고

그놈을 위해 살아간다


– 「그놈의 기억」 부분


물음의 시작과 끝은 대답이 아니라 또 다른 물음으로의 전
개이거나 연동(連動)에 있다. 시가 그렇다. 시는 대답을 기다리
고 끝맺는 전언이나 메시지가 아니라 그 물음의 번짐에 기대어
울림으로 나아가는 분위기에 있다. 시인은 자기 몸을 통해 자
기 마음을 생각하고 자기 마음을 통해 자기 몸의 근원을 헤아
리려 한다. "내 몸은 어제도 자랐"지만 또한 "내 몸은 어제도
죽었다"는 양가적 진실에 가닿는 생각을 지펴낸다. 이렇듯 생
사(life and death)를 함께 거느리고 사는 것이 존재의 현실임
을 뚱기어 가는 것, 시는 그렇게 현실적인 눈과 지혜의 눈을 함
께 거느린다. 이런 존재의 상황을 주관한다는 '그놈'이 구체적
으로 무엇을 지시하지는 않지만, 그러기 때문에 '그놈'은 다의
적(多義的)인 상관성을 가지며 시인의 속종을 더 오롯하게 가
늠하게 한다.

다의적인 해석과 추측의 가늠자가 되어주는 시의 구문(構文)들로 인해 우리는 시의 영역 속에서 삶을 그윽하게 톺아가기에 이른다. 김영익 시인의 이러한 통찰력은 시가 형이하학이냐 형이상학이냐를 떠나 삶의 본질에 한 발짝 다가드는 질문의 가치를 열어준다. 이 시를 읽는 이는 '그놈'의 정치적 포정(布政) 속에서 언어적 시민으로 그를 궁구하는 역량을 가질 수도 있다. 대답의 즉시성(卽時性)에 매몰되어 가는 현대인에게 물음의 지속성이 주는 시의 아우라(aura)를 우리는 체험하게 될지도 모른다.

　　아르튀르 랭보(Jean Nicolas Arthur Rimbaud)는 시인을 '발견의 성자'라고 했거니와 여기에 한 번 더 취의를 넣자면 시인이야말로 질문의 발견자가 아닐 수 없다. 질문 그 자체만으로 우리의 마음과 몸이 좀 더 그윽하게 열릴 수만 있다면 이것은 시가 가지는 무상(無償)의 종요로운 보배가 아닐 수 없다.

　　　　햇볕이 가득한 바닷가
　　　　마음을 널어 말릴 수 있는 곳
　　　　언제 마음속 비 내려 습해진다면
　　　　그곳에 가라

　　　　파도를 가르며
　　　　물수제비 총총 떠서는
　　　　점점이 파문으로 오려진 것들,

누군가에게 던지고 싶거든
그곳에 가라

그곳은 원래 그런 곳,
한번 가본 이는 누구나 마음에 두고
괜히 나누고 싶은 곳

바람의 속살에 파고들어
사그라진 연정들을 하나, 둘씩
기억으로 되돌려 놓고 싶으면
그곳에 가라

　　- 「판데목으로 가라」 부분


　기억과 풍경과 마음의 미래를 노래한 김영익의 이 시편을
보고 있으면 풍경의 오롯함과 기억의 아련함과 따뜻한 상상
의 휜칠함이 서로 갈마든다. 그리하여 시란 글자로 보는 그림
이라 했거니와 인상적 풍경이 자아내는 동경의 헤테로토피아
(hetorotopia)는 먼 데 있는 것이 아니라 지금 우리 곁에 기억
의 잔물결로 시인의 발등을 적시며 찰랑댄다. 서정의 입시울이
마를 날이 없는 것은 그것이 자연과의 교감을 항시 갖고자 하기
때문이며 자연은 별스러운 외계가 아니라 시인의 존재를 반영

하는 일종의 진설된 거울의 형태로 현존하기에 이른다.

흔히 서정시를 자기동일성(自己同一性)의 자리를 온전히 내어주는 언어의 반열과 추구에 있다고들 한다. 각 연(聯)마다 "그곳에 가라"라고 말하는 것은 누구인가. 표면상 화자인 시인이기도 하지만 근원적으로 보면 이런 자연의 거울에 비친 존재의 끌림을 이해하는 시인을 추동하는 자연 그 자체일 수도 있다. "점점이 파문으로 오려진 것들"이라는 구절에 이르러서 화자는 한 풍경의 특별함을 가지려 하지만, 또 한켠으로는 우리 존재 자체가 이 지상에 존재의 "파문으로 오려진 것들"일 수도 있겠구나 싶은 느낌을 전달한다.

김영익 시인의 이러한 서정적 풍모가 소슬한 노래의 추임새를 보일 때쯤이면 모든 존재는 "사그라진 연정을 하나, 둘씩/되돌려 놓고 싶은" 사랑스런 욕망에 사로잡히게 한다. 끌밋한 서경적 장면은 우리들로 하여금 사랑의 원체험을 복원하고 그 열정으로 사랑하는 존재의 본질을 일깨우기도 한다. 죽은 말[言語]로부터 살아있는 말[言語]로의 이행을 촉구하는 존재가 시인이다. 자연에 산재한 무한한 풍광 속에 시적 장면을 융기(隆起)하는 시인은 자신을 일깨우는 언어이면서 동시에 모두의 노래를 매개하는 존재임을 알아가게 한다.

큰 바위 속에 부처는
세상 나오기 싫어하는데

왜 자꾸 끄집어내려 하는가

너도 반, 나도 반
딱 반씩만 내보이는 모습으로
우리 서로 양보하자

먼 훗날에 우리 서로
그 모습을 보며
행복해지자

– 「마애불」 전문

사물의 본령과 예술 혹은 종교의 본령이 상충하는 자리에서 김영익의 시는 상충(相衝)이 아닌 상보(相補)의 미덕을 그려낸다. 아니 바위에 그윽한 선묘(線描)의 아름다움으로 세속을 다독이고 위무할 자비의 상호를 섬세김한다. "너도 반, 나도 반"이라는 양보의 가치는 자기 상실이 아닌 공동의 확장이라는 후덕한 심성을 북돋우기에 이른다.

김영익의 시편이 누리는 시적 자세랄까 눈길은 내가 아닌 '우리 서로'의 가치를 부추기는 함께함의 역량에 있다. 그리고 그 궁극적인 지향의 분위기는 '행복해지자'라고 하는 존재의 목적성에 부합한다.

바위라고 하는 물성(物性)과 부처라고 하는 종교적 영성 (divinity)이 하나로 어울리고 동시에 가시적인 것과 비가시적인 것이 하나로 오버랩되는 이 순간에 우리는 본래적인 자연의 흐름을 깨달아가는 인식의 충일함을 체득하게 한다. 시인은 이것과 저것을 분석적으로 해체하고 시비분별로 갈라 세우는 변별자(辨別者)가 아니라 확장적으로 연동시키는 연결자의 위치가 아닌가 싶다.

오래된 처음의 길이 늘 우리 곁에 있거니와 그중에 하나가 시(poem)라는 영속적(永續的)인 상관물이 아닐까 싶다. 그러므로 시에 한 번 발을 담근 자는 그 시의 공기로 숨 쉬는 자로 끝없이 재탄생할 수밖에 없음을 깨우쳐 가는 일밖에 퇴로가 없다. 오로지 "끝까지 가는 시작의 길"만이 시인에게 허락되어 있을 뿐이다. 한 발 한 발 시의 발걸음을 놓는 그 자리에 시인은 스러졌던 존재의 입지를 충일하게 다시 일떠세우게 된다.

시(詩)라는 "너와 혼연일체된 기쁨"(「누드 모델」)은 고통을 마다하지 않는 정신의 단련자에게 주어지는 담금질의 여력이며, 발견의 근육을 키워가길 주저하지 않는 김영익 시인에게 주어진 무진장한 가능성의 영역일 터이다. 그는 그 길로 뚜벅뚜벅 언어의 보법을 흩트리지 않고 서정의 눈매를 지긋이 뜨며 존재의 속종을 먼동처럼 트여갈 것을 믿는다.▨

소울앤북 시선
**아름다운 사기를 알아채다**

초판 1쇄 발행 | 2025년 1월 5일

지은이 | 김영익
편집인 | 이용헌
펴낸이 | 윤용철
펴낸곳 | 소울앤북
주  소 | 경기도 파주시 회동길 325-22, 3층
편집실 | 서울특별시 중구 삼일대로 6길 15, 3층
전  화 | 02-322-1350, 02-2265-2950
등  록 | 2014년 3월 7일 제4006-2014-000088

ⓒ 김영익, 2024

ISBN 979-11-91697-30-8